U0920473

漂泊的石头

方石英——著

文匯出版社

图书在版编目(CIP)数据

漂泊的石头 / 方石英著. —上海：文汇出版社，2022.3

ISBN 978-7-5496-3762-1

Ⅰ.①漂… Ⅱ.①方… Ⅲ.①诗集-中国-当代 Ⅳ.①I227

中国版本图书馆 CIP 数据核字(2022)第 047380 号

漂泊的石头

著　　者 / 方石英
责任编辑 / 熊　勇
装帧设计 / 书香力扬

出版发行 / 文匯出版社
　　　　　上海市威海路 755 号
　　　　　(邮政编码 200041)
经　　销 / 全国新华书店
排　　版 / 成都力扬文化传播有限公司
印刷装订 / 成都兴怡包装装潢有限公司
版　　次 / 2022 年 3 月第 1 版
印　　次 / 2022 年 3 月第 1 次印刷
开　　本 / 880×1230　1/32
字　　数 / 100 千
印　　张 / 6.625

ISBN 978-7-5496-3762-1
定　　价 / 58.00 元

自序

一个人的漂泊史
诗是活着的证明
从东海到西湖
从十里长街到拱宸桥
从孤山到微山到独山……
冥冥之中的定数
写入私人国家地理
一个人饮酒
一个人面壁
一个人就是全世界
取经路上
我是一个幸福的人
独自捡拾星空的稻谷
到处都有石头的传说

方石英
2020 年 12 月 12 日于山海诗院

目 录

Contents

❖ 第一辑 方向不明的出走

❖ 第二辑　鲁院里的拴马桩

Part 01

第一辑

方向不明的出走

方向不明的出走

从来未曾醉过的人
和我隔着一层玻璃，唯独
你是例外，黄昏穿一件白衬衫
没有任何告别地消失在老街尽头
正如我无法抓住夕阳

清明·忆梁健

你曾躺在棺材里
摄录来自四面八方的哀悼
我也曾在你墓前
幻想你只是再一次失踪

东区二十三排3号
这张专享电影票
属于猫头山上唯一的诗人
在安且吉兮的故乡永久有效

转眼我也到了断片的年纪
在半醒半醉的深夜
终于慢慢理解
你的沉默，那些谜
有些随风散去
有些隐入星空

纯真的回忆

每次写下“文学”二字
我就忍不住想起那天晚上
他坐在纯真年代的窗前
一字一顿——
和我说：“文学就是文学。”
这又让我想起更早的某个晚上
他在文三路与丰潭路交叉口的书吧二楼
和我说起诗的温度与疼痛
如果今夜将这些纯真的回忆全部展开
世界一定会变得更加完整

在微山

可是我还在喝酒，尽管整座小城
都睡了，都在梦里做一个好人
那又如何？重要的是我还醒着

微山，微山，空空的城
荡荡的月光洒在微子墓前
也洒在张良墓前，万顷荷花已败
秋天早已深入骨髓

可是我还在喝酒，幻想一把古琴
断了弦，高手依然从容演奏
弦外之音，驴鸣悼亡也是一种幸福

微山，微山，微小的山
不就是寂寞石头一块
异乡的星把夜空下成谜一样的残局
趁还醒着，我喝光，命运随意

愿望

去天空打铁吧
用黄昏赤诚的寂寞
锻造一把镰刀，一个人
收割往事
翻七七四十九座山
只为盗取仙草
让远在天边的你
突然醒悟，其实
我是一个不坏的坏蛋
选择秋天回到海边
在星空下喝酒
在波涛中死去活来
我把石头与盐粒
统统还给你
只留一根乌黑的长发
裱在宣纸上，等你
白发苍苍的那一天
我要把这段细细的青春
亲手交还给你

口琴

保俶路上的月光再次为我清洗伤口
酒精消毒却无法消除记忆
曾经你是我唯一的口琴
我的唇和你紧紧贴在一起
世界在那一刻仿佛是完整的

冬夜读《无量春愁集》

纷纷扬扬，窗外
另一个世界有风
从屋顶滑向道路尽头

一念三千，故乡
如梦，再也回不去
镜子深处夕光拍痛肋骨

冬夜才知春愁无量
一些星辰散落信笺
记忆中的残酒平仄起伏

期颐之年

——致罗佩秋

没人愿意再和你打麻将
你不难过，也不再去听戏
年龄摆在身份证上
在这条隐秘蔓延的老街
朋友都已老去，孤独
甚至再也找不出一个仇人

民国三十年的白色婚纱照
被你和体检 X 光片收在一起
秘不示人，在台风
频繁出没的海边小镇
你收藏了一轮船的往事
整整一个世纪的爱恨情仇

你是一把钥匙，轻松打开
期颐之年，五世同堂
尽管画家丈夫先走一步

但后代中还有曲艺家、诗人……
在你的注视与祝福中
继续坚持无用的追求

每次握你的手，我都想起
你穿过悠长的青石板老街
带来无花果的甜蜜，每次握你的手
你都轻唤乳名让我重返童年
外婆，你是一部已经存在
但我尚未写出的史诗

证明

多年
弹指间
我用两条命
抚
摸
夜的皮肤
在汉语的刀锋上
静坐示弱
我想和世界说的话
都已写在诗中

差旅或周游列国

出微山时打了个盹
醒来在砀山，未出宋国
继续睡，在火车上
做春秋大梦，周游列国无需护照
三千八百里路绝非虚指
有限的历史与地理知识
为我导航路过郑国、魏国
穿越屈原投江的楚国
抵达-1℃不设防的酒话
醉后独山躺下
在被反复误解的夜郎国边境
醒来，已是庚子年
冬月初一，我在山谷里的食堂
和工人们一起排队打饭，像领受圣餐

在麻尾

麻尾不是马尾
尽管昨天黄昏有一匹骝马
从我身旁经过

沟上面的寨子
迎面走来的每一个人
都可能是我的布依族兄弟

山歌里聚餐，我喜欢
当地先吃米饭再饮酒的习惯
微醺中校点群峰或星辰

庚子脱贫之约，在麻尾
在黔桂边界的远方小镇
我想起三百八十年前
徐霞客也曾来到此地

去坝赖路上

没有应酬的午后，一个人
徒步去乡下，走走停停
收割后的稻田留根茬在发呆
各种我叫不上名字的
野草，比地里的岩石更沉默

匿名的风从远处吹来
三三两两的牛，在蓝天下
云朵般自由散漫
目中无人，顾自己
吃草，咀嚼阳光和阴影

独自去坝赖，沿途的村庄
像一个个稻草垛散落乡间
外出打工者尚未归来
青山绿水闲置，流鼻涕的小孩
好奇地打量陌生人的闯入

失眠者

到底要有多疲惫，我才能
安然睡去，在宋国的心脏
梦见越国的苦胆
像一盏灯，祖父临终前的注视
漫过发黄的家谱

先锋

能否更柔软些，没有酒量的
少年，请保持拙笨的敏感
相信你所受的每一次苦
都值得许愿，终有一天
你会踏上永远回不去的返乡之路

在忘记时间的夜，请不要忘记
雄心和老虎的孤独
少年，你知道吗？你在他乡
已很久很久，所有的此刻成为从前
到处都是回忆的野草在疯长

唯有一首诗反复修改
才能短暂安慰我们
既骄傲又脆弱的神经。深信
闪电，以先锋的锐角顶住黑夜
最后的安魂曲让石头飞上了天

雪终于落下来

小寒过后，雪终于落下
落在二十一世纪二十年代的微山
我分摊到更多的焦虑面积

不惑之年，各种问题
无聊时搜索“割腕”二字，跳出
全国 24 小时免费心理咨询电话

像我这么怕死的人，只能写诗
一行一行续命，就像雪落下
一片一片飘落江湖，寒冷中
再次想起死不瞑目的祖父
曾向我推荐一部外国小说

无心的人

当酒精再次唤醒沉重的困意
贺梅子、张孤雁、方石头……
进入房间，在我的床前搬动意象
一件往事就是一棵树
在回忆的森林我羞愧地低下了头
大面积让渡隐私之后
我选择偏安书房，却
无心阅读无心写作无心和世界谈判
无心的人心碎在庚子之殇

鲜花怒放的葬礼

油菜花开了
樱花开了
紫云英开了……是的，我熟悉的花儿
全都正常履约怒放合同
但是养蜂人死了
——上吊自杀
留下一群无人认养的蜜蜂
陪葬春天

很多天没有写诗

几乎成了废人
疫情继续，我在花坛里
撒下若干蔬菜种子

北方的春风吹了又吹，谷雨后
终于稀稀落落地发芽
当酢浆草偷偷开出紫色小花
我的忧愁是一只麻雀的忧愁

辛酸之事只能说给石头听
弹指间四十不惑
虚无的春色被打上马赛克
头发少去三分之一的风险已成事实

不可饶恕一个诗人
很多天没有写诗
于是很多天我都在梦里戴罪立功

独山之夜

寂寞高铁一路向西，一个人
远行，从孤山到独山
我的孤独终于趋向圆满
让我想起在天上
自斟自饮的梁健，隐身
黑暗中，雨水密集
我们失败的履历
被拖拉机拉往更远的乡下

波德莱尔的赊账信

《恶之花》盛开一年之后
银塔餐厅老板库西内
意外收到波德莱尔来信——
“谨以我在《当代杂志》上
发文所得的稿费五百法郎，
支付给银塔所有者库西内。”
其实，这位忧郁的赊账者
对金钱没有多大概念
甚至早已忘记在银塔的就餐情况
最后还是法庭的传唤信提醒他——
共须支付的欠账实为六百法郎

这封赊账信漂洋过海
一百六十二年后现身西泠拍卖会
最终以人民币陆万叁仟贰佰伍拾圆的价格
成交——可惜不是被我拍下

毋相忘

初夏无语，唯有风
在窗外走动，委托失忆者写下
——“日有光，毋相忘”

一面铜镜隐藏千山万水
照出我的原形，一个眼神
让我成为丧家之犬

只剩下
酒，最好的安眠药
遵医嘱：每日睡前按时服用

初夏我又失去一位亲人
火车上，奔丧的月光隐入丘陵
戴着口罩，没人察觉我的悲伤

此刻，我一心一意半醒半醉
在青田石上篆刻曾经沧海
最后把自己的名字落款成绝望

凌晨一点的留白

总是条件反射再看一眼手表
凌晨一点，分针与时针
呈三十度锐角顶住异乡的孤寂

资深失眠者试图阻止
发际线后撤，镜中他一次次忏悔
在失败的履历上加速老去

微山湖水暴涨三米之后
被淹的荷花痛失莲子，往事藕断
丝连，回忆是一盘绝版磁带

没有遗憾的人生不圆满
当他如此安慰最后的星空
世上又多了一个失败的催眠师

庚子立冬富春江畔访友

需要一匹马，或者毛驴
驮我往南，直到富春江畔停下
隐身清点公望的纯粹山水

需要一辆自行车，也许只是一声叹息
拉我进入半自传体的晚霞
镜中告别郁达夫，之后

还要申请一列绿皮火车，承载
不惑之年更大的困惑
唯有痛饮方能穿越梦中之梦

春天一定会替我报仇

过于温顺是致命的，尤其在冬天
每一片雪都是掷向大地的骰子
忧郁舔舐寒冷，后视镜里的江山不再押韵

不再押韵是否真的更自由？一个人
专心写诗可判无期徒刑，在生活的牢房
抽屉里凭空多出一把裁纸刀

发际线被迫后撤，我的诗越写越短
短到写下题目就戛然而止
每一首诗都可能是遗书，抽签决定

葬身何处？塔吊上空的月亮
奔走在商品房与公墓之间
隐忍多时，迷信春天一定会替我报仇

倾斜的微山

当星空也无法兑现愿望
伤口便结痂成宋国的形状
请允许我把酒喝得更慢一点
慢过一个女人初胎时的分娩
等待是一种煎熬
中间有一段失声失重的辗转反侧
压坏几张滚珠的荷叶

微醺之际目送微山倾斜入湖
一枚略显迟疑的白子
下在世界地图上肉眼无法找回
县志里的王粲，眉毛脱落
漂泊者在私人时间驴鸣悼亡
回忆我从东海之滨出发
走过千山万水来此守株待诗

与孤独对弈也与影子对饮
一个人客居运河中段

屏住呼吸深入更深的微山
试着将酒量提升到下弦月的高度
高粱红时幻觉泛滥
一面镜子裂变出无数的微山
批判现实主义的日记将延期交付

来自湖上的晚风请再扶我一把
我将前往一座即将关停的矿井
只身打捞井底的黑
也许终其一生我都无法再见
那人，曾在山中棒喝我
——“绝不能成为自己反对的人”
生死茫茫，我在梦里点亮天边的石头

在泸州偶遇托马斯·温洛茨瓦

意外的礼物，让他
来到长江上游与沱江相遇
与来自世界各地的老友再次干杯
重要时刻，回到母语
发声：流亡者永远与祖国同在
一种坚硬且冷峻的抒情
我离地万米反复细读——
几乎与飞机起落架触地同步
我合上《托马斯·温洛茨瓦诗选》
在杭州的暮色中回放泸州偶遇
曾连续两顿和他同桌就餐
吃一样的川菜
喝一样的国窖 1573
让我想起告别时的一个小插曲——
诗人突然下车寻找手表
其实手表并未走失
只是泸州时间适合窖藏
在某个最终被他摸到的口袋

三月，活着或赴死

整个三月我都在梦游
习惯性独自饮酒
低的、高的、浓的、酱的……
在惊蛰与春分之间
浮现太多逝去的面孔

北方，完全不一样的环境
我深入地下两千零九天
才发现自己的弱点
过于敏感，导致长期失眠
才发现黑夜背后是更黑的夜

整个三月，我用肋骨排列
最后的诗行，在闪电中裂变
私人的疼痛反复证明
活着或赴死，都是如此艰难

没有诗人就没有黄鹤楼

酒醒默写一堆姓名
鲍照、王维、李白、崔颢、白居易
苏轼、岳飞、李东阳、李梦阳
王世贞、吴伟业、朱彝尊
林则徐、黄遵宪……
都曾到此一游
这些登楼赋诗的同行和我一样
未遇黄鹤，连一片羽毛都没碰到
但并不影响我在蛇山之上见证
前辈在各自的时间里
送别白云孤帆汉阳树
在共同的母语中
追忆汉水长江鹦鹉洲
古典主义的风铃悬于飞檐之下
提醒我登上夜航船
回望黑暗中舍利子般的孤独存在
唯有分行的独白可以和死亡平起平坐
唯有一醉再醉，才有资格宣布——
没有诗人就没有黄鹤楼

洞头夜航

干掉最后一杯酒
月光便随潮水涌来
忘记采风，离风就近了些

更近的地方
醉意泄露我的南方口音
床，就是船

在床上，航行梦中
在船上，我不是一个合格的水手
不忍告别，干脆抛锚

不愿在码头空谈星空
此刻我正在酝酿大海
一滴眼泪将在天亮之前滚落

花岗渔村

满眼都是石头
甚至屋顶瓦片上也压着石头
经历一次次的台风
只有石头还在原地等我
一起见证
刻在废船板上的海誓山盟
在花岗渔村
虎皮房里住着海子的名句

我似乎已错过全世界的美好

午夜醒来原谅断片的异乡人
就是原谅我自己
昏黄灯下忽明忽暗的呓语，三十五岁
一道只对方某人开放的隐秘暗门
定时开启，之后往事决堤
像一只蝙蝠倒挂在黑暗中
我这蹩脚的放映员，总是
犯错，犯同样的大错小错
当时间成为虚指，繁星刺痛肉身
孩子一天天长大，父母一天天老去
独自漂在他乡
我似乎已错过全世界的美好

钟表匠

每一秒都适合沉默
在寂静里，在昏黄的灯下
空空的酒瓶，空空的心
折射往事绵延的旧时光

我相信每一个零件
都是宿命的必需
每一次调试
我都全神贯注
忘记疼痛
忘记故乡离我越来越远

每一秒都是倒计时
无名之树长在窗前
它的根被瓦砾与碎石挤压
但依然站得笔直

我已习惯颠倒的生物钟

白天做梦，夜晚失眠
即使有一天双目失明
还有一副墨镜替我注视
这爱恨交织的世界
我的心，我的钟，它还在走

蜗牛

——给方路杭

忘记自己
到底走了多少路
忘记旅途中的不愉快
保持微笑
像妈妈一样坚强

小小的壳
在黑暗中发光
内向的壳里
住着周游世界的梦

搭一艘大船
慢慢地慢慢地
航行在地图上
遇见鹦鹉、花猫
遇见鳄鱼、大象、长颈鹿……

小小的壳
需要一件花衣裳
内向的壳里
住着爸爸写给你的诗

即将不惑

日记本里有飘雪的痕迹
几个错别字潜伏其中
一错再错，整整三年
我在夏镇隐姓埋名
即使断片，也不曾暴露
自己真实的身份

微山微小，孤山孤独
两块心中的石头
一块留在西湖
一块掉落微山湖成了岛
我像一只候鸟往返南北
在两座灯塔之间留白履历

即将不惑，我还在他乡种诗
这命中注定的深耕

梅花为证

知道你名字若干年后
终于有缘第一次干杯
那时我在路桥发呆
你的胡子已长成森林

后来我们多次喝酒
似乎都在杭州
你倔强的长胡须
晚风中渐渐变了颜色

你我来自两个年代
但痛饮一样的苦涩
我们消灭废话
我们把心深埋在诗歌里

戊戌年正月初三
我在多次迷路之后
终于来到你山清水秀的墓前

梅花为证，我相信

“提灯的人”长生不老
而雪飘落故乡大地
只是为了宣布：从此天上
多了一颗叫江一郎的星

深蓝狂想曲

生死之间有一道光。

——题记

一

太多的夜解剖唯一的我
最后的消瘦我也不再吝惜
遗世独立的星
漂在海上的列祖列宗
我已习惯在密闭的房间
和你们商榷分行的抵抗
多年以后，在尘世的某个角落
是否还有人记得
我的名字和一首诗浇铸在一起
巨大的疼痛汹涌过天边

二

天空的抹布越来越黑
没有时间解释
闪电，不规则的伤口
我在上面缓慢撒盐
往事无声无息，刀刃上滑过
血从一种红色到无数种红色
其中的演变
惊动大片亡灵，黑色马车
像一支箭穿过记忆的针孔
正中私处的胎记

三

还有比深夜更深的深渊吗
从忧郁到抑郁
一字之差，是宿命
目睹子弹上膛
狙击手趴在绝望的喉咙上
瞄准，濒危物种——
镜中挣扎、相忘
江湖，一盒绝版磁带寻找耳朵
酒精无法麻醉大海

我能做的仅仅是闭上双眼

四

是一缕炊烟支撑着
白云，倒映在前世的酒杯
醉话吐了一千遍
悲剧从时钟背后升起
我的书房长满鱼刺
安眠药洒落一地，肉身
浸泡在浴缸，无法确认生死
雨水，无穷无尽
家谱开始霉变，无数的菌丝
在我体内迅速膨胀

五

再次被困现实的蛛网
黑暗中，眼镜蛇步步紧逼
此刻我化险为夷的咒语
全部失灵
蝙蝠在头顶越聚越多
噩梦，吞噬星辰
塞壬在歌唱
骑雪白鲸骨，诗人远去

证明尘世凶多吉少，冒险
即使成功，也就多活三万天

六

再往后，我说出的每一句话
都是遗言，我的台风
与我相依为命
在盛夏的战栗中
要么成为疯子，要么成为白痴
手捧一粒稻谷来和你告别
亲爱的！我已提前喝下全世界的苦水
躺在太平洋的床单上
等待蓝色火焰写我的名字
除了你，我谢绝一切来访

Part 02

第二辑

鲁院里的拴马桩

梅花开了

——致潘维

梅花开了，我就想起江南
想起和靖先生、姜夔与潘维
他们一起喝茶，各自写诗
我就想起江南，梅花开了
出生的出生，死亡的死亡
疏影暗香是胎记里的回声
宛若一枚松针轻轻扎了我一下

鲁院里的拴马桩

整个黄昏你都在寻找
那匹在梦境中一闪而过的
白马，曾在心电图上隐现
苏醒之后已是新的时间
一切都是新的，包括伤口
只有你永远是旧的
穿越千年浮云成为北漂
在这大隐于市的寂静庭院
与冰心之墓为邻
在一棵松树下等待
那匹在梦境中一闪而过的
白马，饱食汉字
你的真实目的并非为了拴住
白马，夙愿在海上一路狂奔

立夏练习曲

——兼致郑愁予

当落日在堵车的大道尽头
盖下焦虑的印章
广场上一群翅膀突然飞起
在头顶盘旋，甩出
一只离群的信鸽像一把柳叶刀
划破黄昏的忧郁

内心的邮路肯定通往故乡
那就向南，飞过黄河
一直向南，长江退后
我只关心私人的江南
世界地图上未能标记的一个小小村庄
有一条河流曾被我重新命名

堤坝依旧横在记忆里
水边摇曳的艾蒿提醒诗人
立夏到了，端午近在眼前

曾捡鹅卵石打水漂的少年
也曾在院子里数星星的我
却把初恋永远遗失在虚构的教堂

在梦里我未能等到达达的马蹄
终于没有什么错误可犯
哦，这日益虚无的美
这比草原还辽阔的乡愁四海大同

头发正慢慢少去

头发正慢慢少去
琐事却越来越多
如果不照镜子
我是否可以将自己催眠
在戊戌年的春天
忘记尘世的无奈
不再为五斗米折腰
不再让深爱我的人失望

薛定谔的猫生死未卜
鲁院 602 室楼下的白玉兰
趁月色淹没庭院时
潜入老青年的梦境
我和儿子在海边散步
遇见大鲸雪白的肋骨
我们坐在沙滩上
一起背诵唐诗宋词

索南才让

你是谁？十二岁就辍学
疑似童工？
尚未完全发育的餐厅服务生？
保安？铁道工？没有执照的兽医？
雕塑公司学徒？
可以忽略不计的小领导？
那么多人排队经过
原来只是青春本色出演
海北拖勒草原上的异类
你用姓名锁定
富贵与长寿，漫长的瞬间
终于回到故乡
用鹰爪擦洗天空，让六只羊
用死亡击退狼群
让悬崖边孤独的雪莲继续孤独
酒量大我九倍，索南才让
坐拥两千亩草场的大地主
在马背上牧字
在星空下做梦

即景

多么安静的庭院
八音盒上了发条
时间一到
穿黑礼服的喜鹊
在荷塘边指挥
玉兰演奏洁白的旋律
高潮处梅花加入合奏
唯有雕像不语
风从瓦蓝的屋顶滑向
我的肩膀
黄昏如此温柔
黄昏让我想起很多年前
你怀抱吉他的侧影

四月为何如此漫长

四月是残忍的月份

——T. S. 艾略特

去扫墓，穿过竹海
回到记忆里的猫头山
想喝酒，想在无情的豪雨中
做一个永远有情的人

回杭州，经良渚至武林门
边缘到心脏的距离
四月为何如此漫长
更多与我有关的地名在证明

一个事实，四月
有清明，一万支箭涌向春天
这密集的悲伤，这梦中做梦的

无望，这比大海更大的泪水

我是一个绝望的人
却一次次假装幸福

此刻

此刻，谁能陪我一起咀嚼深夜
谁就能和我一起
分享失眠，通宵对弈倾斜的星空
此刻，大海大不过痴心妄想

风云

风，大地的梳子
在记忆谢顶之前，一遍遍
梳理往事，天空不空
云是不确定的胎记
是单纯的白坠入黑眸的深渊

武功

想在老去之前拥有两门武功
蜗牛的慢和蚂蚁的快
特写镜头下捕风
也可以大醉一场后放过所有的阴影

沙龙

发言精确到秒的时候
发现自己失声成了哑巴
窗外豪雨滂沱
就让雨水替我继续陈述

书签

少年用树叶制了一枚书签
上书："世界很悲凉，我也很悲凉"
他是我儿子，小学生不知忧愁的形状
却偏偏说出了父亲的心声

雪夜

雪飘下来的时候很轻
下着下着就重了
夜归人在雪白的大街上
一步一个脚印走向黑暗

开关

请允许我把左手
放在你起伏的胸口
按亮黑夜
隔着一整个太平洋
我南辕北辙
醉酒归故乡

漂流瓶

永远无法确定，下一刻
还会遭受多少打击
真正的漂泊，是你我断绝一切联系
之后，我是一只空空的
比天空还空的空酒瓶在泪水中流浪

塞下曲

明月与雄关继续保持互文关系
光阴之箭从教科书中穿出
射中隐身逝去的胡马
边塞有诗，风把石头吹成萤火虫
风把石头吹成最后的星座
风把一位姑娘送到我身旁

在后海

银锭桥上，我终于分清前
后——海，在典故中观山
一个人试着与现实和解
不再细究海水是否真的倒流
在某个酒吧断片的角落
独自穿越七百年前的夜色

殢

——致辛弃疾

无数次登高望远
二十一岁时终于有了消息
金戈铁马，手起刀落
写气吞万里之词，重整乾坤
去收复那无边的山河月光
弹指间白发隐现
沉溺于酒，醉里
看宝剑是否锋利依旧
扶怪石，点检愁深似海的形骸
古来三五个英雄中
最有才华的一个
心中住着猛虎
壮志未酬，二三子见一面少一面
世事难料又命中注定

谜语：打一个动词

最后一点眼泪蒸发
折磨才正式开始
手被卸掉的一刹那
蝼蚁看清自己的斤两

蚯蚓土

在一棵梅花树下
遇见小说家李洱
他亲口告诉我
蚯蚓土是天底下最好的肥料

存谢

日子多么虚无，犯错
家常便饭。半空中
纪念一朵云纯白的幻想
被持续稀释，轻吐烟圈
她的唇印残留在马克杯沿口
安眠药一颗不剩
我的神经早已紧绷成弦
却无法演奏
戊戌年八月初六，大地微凉
花费整整壹万叁仟捌佰柒拾玖天
回忆终于沿静脉抵达
存谢，一次次被误解的存与谢

双重回忆

在泛黄的相片里轻摇蒲扇
她不知不觉开始打盹
也许是陷入回忆——他
在夜幕掩护下穿过老街
腰间别着驳壳枪
危险的偶像，枪法一流
这个我喊祖父的男人
一辈子都在瞄准

对天发誓

曾用甜蜜
救活一个做梦的人
一个让她咬牙切齿
又一次次心软的人
——时代的赘物对天发誓
用一辈子兑现一首诗
为她换一栋西湖边的蜃楼

关于省略号的叙述

为什么我流下六滴鲜血
之后，选择沉默
转身刻下表示省略的省略号
眼泪越狱而出
不多不少，六粒粗盐坦白
我所有的头发可以作证
即使说尽，也未必能说对说好
我的表达只能使天空下一场
无关紧要的雨，或者
从山顶推下一块虚妄的石头
每个人都是一条河流
从生流向死，无数的省略号
密集如星，像一颗颗图钉
标注六面封闭空间里的逝者

春夜

谁的舌头一次次在试探
春天，甜蜜的忧伤午夜绽放
她的心是一把江南木梳
习惯在窗前把往事反复梳理

你去敲她的门，像一个游吟诗人
在星空下拨动琴弦
努力把赞美上升到月亮的高度
可她依然埋怨你的抒情不得要领

痴情无解，莫非你的倾诉
要延续到天亮？可是在白天
你无法见人。不是你丑，而是你怕
在阳光下被春天之外的其他女人追杀

摇着滚着上天堂

到底要喝下多少酒
才能清醒起来
千言万语
我只想做一个沉默的哑巴
见信如晤
却已模糊青春的容颜
把盐粒还给星空
把眼泪还给故乡的海
了无牵挂
摇着滚着上天堂
往事如水
石头在水底若隐若现

沉溺

无法阻挡夜一点点凉透，还有心
在无休止的回忆或痴心妄想里
沉溺。沉溺。沉溺……
仿佛咒语
悬浮在大提琴的低音区

生活已具体到一粒大米的形状
最后的苹果在风干之前
完成内部的变质。穴居者
依靠潜望镜观察
那些痛，那些灿烂无比的溃疡

此刻，所有的注释都是多余
包括锁在抽屉尚未寄出的信也是废物
光线越来越冷，在雪白的床单上
有一摊血找不到主人

戊戌年冬月初十登峄山

孔子登东山而小鲁。
——《孟子·尽心上》

初雪尚未消融，夕阳在西
上弦月隐现舍身崖东
多少爱情在此发下重誓
就有多少离别等在浮云之上
在镀金的黄昏，逆光对视
丹丸峰，方某人预言
——此石终将被时间打败
遗憾峄阳孤桐不遇
无数花岗岩脑袋滚落山野
更远的低处，雾霾深重
邾国已灭亡两千多年

旷野上

坟茔稀稀落落
橡皮暂时无法擦去

一列绿皮火车停在晚霞里

突然闯入底片的鸟
和我一样渺小

新年

雾霾深重，齐鲁不青
目睹现实主义的乌云
最后变成雪的沉默

在宋人守株的子夜
我再次痛下决心
戒酒，独自面壁虚空

直到-10℃
手脚冰凉，我的
仙鹤冻死在入梦途中

乱书

——致王冬龄

每一次天亮，都会惦念
日课里的《龙藏寺碑》
每一次天黑，都有流星划过
夜梦上的《逍遥游》

一笔一画的真，宿命的线条
隐于湖山，隐于银盐显影的残荷
那比夕阳更大的圆满
让每一次落款与钤印成为仪式

独自乱书，写下返朴的秩序
美是一场纷飞的大雪

雪夜观方来墨梅图

他和我说“汉书为下酒物”
天就飘起了雪
翻动书页的声响惊动故乡

当我终于醒悟“梅花是知心人”
心突然那么一紧
痛得我赶紧举杯一饮而尽

面壁

一条路
沿背影流向远方
半炷香时光
我烂醉如婴
昏睡
在运河起伏的褶皱里
我是一块矛盾的石头
一滴眼泪
淹没整座村庄
一颗透明无用的心
以方石英命名

星空下

是沉默的星空
选择横七竖八
还是空空的酒瓶
成全今夜
忘记设防的醉话
在这波涛汹涌的陌生渔村
一团野火在燃烧
噼啪作响，星空下
回忆是致命的悬崖
在失控边缘冒险晃荡
我该选择哪一片玻璃
来切断这遥远而漫长的
通话，忙音，空号……
最后只剩风替我收拾残局

熬夜之歌

——致刘翔

此刻，谁还在熬夜
谁就是英雄
此刻，保持清醒
才能体会熬夜不是熬粥
不是蒙上双眼
就能避开流弹
此刻，谁装聋作哑
谁就永失良心
盛夏有雪
熬夜者把黑暗熬成镜子

微山湖上

一

在一座酒与湖同名的小城
客居，微醺与大醉之间
自有冥冥中的注定
微山湖，孔孟之乡的液体粮仓
我在黄昏一次次怀念
流水往事，太阳回家的背影

二

暖风从韩庄吹来
江南似曾相识的温柔
本地人一边端酒一边话中有话
而我只关心京杭运河
入湖的轨迹
三百里水路等着我梦游经过

三

第一场酒，同晚霞一起
降临在熟悉的旋律上
人人都有一把土琵琶
心爱的永远在远方
第一场酒，窗外芦苇起伏
谁又是谁的迷魂阵

四

必须远离无道之徒
必须学会淡然舍弃
必须把心缩小成一粒沙子
必须用清水一遍遍书写
必须在微山岛
纪念一个叫微子的人

五

在成语里遇见另一位庶兄
不想当国君，不想
违背初心，只想做一个贤人
关键时刻救兄弟于危难

宋襄王争霸，子鱼论战
说透了，时间会证明一切

六

回到墓前，其实也回到了
墓前村，再次探访张良
墓碑左上角的隐秘蜂巢
是否安在？一千三百多人的村庄
守墓千年，也守着一个传说
黄河决堤留城永葬湖底

七

在铁道游击队的故乡
看电影《铁道游击队》
当“西边的太阳快要落山了”
在座者条件反射哼唱起
“微山湖上静悄悄”，证明
一首插曲代言一座城

八

当石头开始倾诉
我的皮肤早已酒精过敏

压埋在心底的煤
把石英烧成满天星辰
当我彻底醉了，请原谅
我的意志力小于等于零

九

直到最后一盏灯
也熄灭在沉默的微山
湖上，前世的月光游离
在镜中，四鼻孔鲤鱼游遍南四湖
突然跃起又消失，荷花延时盛开
涟漪荡开宋国更深的夜

Part 03

第三辑

漂泊的石头

漂泊的石头

想起台州，便有一地月光
覆盖我近视的双眼
一些隐私在低处失眠
泛黄的家谱睡在上海图书馆

想起路桥，我又深陷忧伤
那些姑娘不再可爱
不再值得我把杯中酒喝光
她们已从绝句退化成流水账

想起十里长街，孤独的少年
在大提琴的阴影里寻找安慰
我是一块漂泊在他乡的石头
一把年纪依然痴心妄想

想起你，一颗流星投奔大海
请相信，我的骨头终将被台风擦亮

纯真年代

——给方路杭

终于长到可以买半票的身高
小孩，你像一阵风穿过黄昏
说要和我谈论很久很久以前的事
十里长街，一根剪不断的脐带
一头连着海边的故乡，一头绕颈两圈

杭州怀孕，路桥出生
再从福星桥启航，回到西湖以西
和一只蚂蚁谈心至天黑
原谅我漂泊中小小的私心
将两代人的双城记深深嵌入你的名字

在我尚未结婚时，我就开始准备
当你识字之后可能想读的书
它们躺在房间的各个角落
等待有一天被你无意中翻开
如果你不想读，那也是你的自由

我和你，茫茫人海中的两块石头
你喊我爸爸，我的心就软了
你生猛无邪的抒情是一面镜子
内心有多光明，“隐私”[①]之诗就有多美好
在你九岁的春天，纯真无敌

此刻，你已熟睡成一颗星星
我在他乡的他乡独自饮酒
在醉倒之前写一首并非可有可无的诗
若盐若梦，终有一天你会相信
即使重新投胎，你我依然相拥在纯真年代

注释

①隐私：方路杭2015年写的一首小诗，2016年参加“春风”儿童诗大赛，3月23日《钱江晚报》刊登此诗后，引发转载风潮。

秋

——给小秋

一片叶子，就是一封信
带来你柔软的心跳
秋，在秋天
无数叶子飘落窗前
我的回信却只有一首失败的诗
秋，在故乡
在小镇迷茫的晚风中
我们一次次相遇又别离
秋，在他乡
在所有人都以为我完蛋了的
一九九九年，你是唯一
相信我，投奔我的傻瓜
一片叶子，就是整个世界
在秋天，我们的孩子学会喊爸爸妈妈

悲伤是一列火车

春天泛滥空洞的寒暄
转过身，悲伤是一列火车开过旷野

往事呼啸，你在哪里
那一年我在散场后的电影院独自哭泣

风从故乡吹来
尚未命名的伤口，沉默不语

钟声签收雨水和悼词
最后的小镇，定格成一枚纪念邮票

悲伤是一列火车开往南方
心一节一节地冷去，风还在吹

蜕皮中的蛇

放弃猎手的身份，蜕皮中的蛇
在隐秘的阴影里
归档记忆，避开天敌的搜索
为明天暂停进食，它的身体
终于放松成一根绸带

蜕皮中的蛇冥想太极之拳，慢镜头中
打磨一枚青玉，它纯洁的野心
在冬天之外的黄昏盛开
崭新的皮肤，闪着光
缓缓移过织锦覆盖的梦境

我想你

转身的瞬间，一尾闪电游过
漆黑的夜，我在他乡的他乡
突然想起你的名字
来自唐诗宋词，也许是梦境
再见就永不再见，我的姑娘

来不及将你遗忘，来不及
让心更硬一些，秋风的马匹
疾驰过滚滚长江
我不是逐鹿人，却为何
深陷中原，离故乡越来越远

像一只癞蛤蟆，却坚持
在莲蓬上打座
在花心吐露一亿光年的忧伤
好吧！我承认，我想你了

春祭

惊蛰春分之间，龙抬头
敲锣、打鼓、焚香
雨水入梦
你在江南以南的海边
紧闭双眼
我向你投降
保证做一个懂事的弟弟
和风中劳作
月影里幻想
深耕往事
赶在清明之前
重返故乡立于你的墓前

愧疚

柳叶刀在黑暗中再次划过
谁能告诉我
此刻，你在哪里享福
或者受苦
甚至有个绝望的猜想
在刀刃上一闪而过

让我想起钻石与锈
你的眼睛和旋转的星空
重叠在一起
在诸多残缺的夜晚
注视着我，在纸上用力写下
这么多年的愧疚

也许今生今世喝下再多的酒
我都无法再次醉倒在你怀里

天凉了

压在箱底的秋裤
再次无罪释放
曾经以为中年无比遥远
转眼停靠镜中

谁能画出石头的沉默

桌上有一块石头
以静物的表情
面对一群陌生的面孔

有人说，石头为什么不是苹果
一串香蕉，或者一只麒麟瓜
不讨好味蕾是没有好下场的

石头无话可说
此刻谁能画出石头的沉默
我就拜谁为师

格里高尔

似乎有点惨，格里高尔
不能找卡夫卡算账
在我也变成甲虫之前
请允许我自斟自饮
在晕眩中安排后事

格里高尔，感谢你
提前向我透露
现实，比小说更残酷
不再奢谈什么明天
今夜挺住才是关键

血液日益黏稠
反反复复想起你
格里高尔，我早夭的兄弟
再也没有机会翻身做主

野罂粟

离别三天三夜了
脑海依然全是你
孤独的身影
在古城岛寂寞的午后
麦子低头认错
江鸥不紧不慢地飞
一场临时安排的太阳雨
让我记住你的前方
有几间荒废的木屋
和你一起置身历史之外
风中无数的野花
我一眼认出你
在无数的野花中
我只会喊你的名字
原谅我没有留下陪你
也未能带你一起离开
此刻我在江南
心底全是你的味道

漠河玛瑙

睁开双眼
就看见瓦蓝的天空
刚出生的白云已是影帝

躺在大地巨大的摇篮
洛古河上的月光
洗出我温润如玉的前世

读自然之书
让风每天轻抚我的额头
定有一道光带我青春还乡

一亿年的潜心修炼
只为等一个懂我的人

秋夜

几场秋雨之后
调音师关掉蛙鸣
没收更多的可疑乐器
只剩几只蟋蟀
在幽暗处演奏凉意
隔壁 KTV 烂醉嘶吼的人
连续打碎酒瓶
突然死一般寂静
我独自躺在床上
一动不动

拔牙记

一直忍着，十年，二十年
直到三十五岁的初夏
实在忍无可忍
一颗畸牙，彻底离我而去
留下一个伤口
等待舌头的抚慰

恍惚

仿佛一条尚未复原的拉链
马路，在雨夜等待末班公交滑过

车门打开的瞬间，我望见
另一个自己正打伞扮演黑蘑菇

非法入侵

飞行器非法入侵
我的梦境，忘记携带弹弓
它突然改变航线
突然从雷达上消失，惊醒
发现自己飞不起来了

天堂的入口

不再孤单，卖火柴的小女孩
一下子迎来五个小哥哥
瘦瘦的，读不好书吃不饱饭的瘦哥哥
在垃圾箱里生火取暖
人间的最后一夜，雨一直下
五个小哥哥，有着中国名字的五兄弟
最后在垃圾箱找到天堂的入口

小夜曲

躺在床上，楼下蛙鸣一片
每次呐喊十九到二十五秒后
突然静音，持续大约十四秒
仿佛呼——吸——周而复始
当整个县城鼾声四起
我的失眠可以忽略不计

夏至

一年中白昼抒情最久的日子
一年中叹息最长的一天
疯狂生长的狗尾巴草
包围我。援军却远在天边
等晚霞发狠自残

家家户户昏昏欲睡之时
本命年独守微山的我
趁夜色沿京杭大运河潜回江南

或者去更北的北方
穿越父亲的大兴安岭
收藏一段北极光，一段斑斓的存在

所有的

所有的纯真，并非可有可无
一个从小镇老街出发的少年
谨记父亲教诲
吃亏是福，健康比什么都重要
活着，想着，痛着

所有的远方，在醒来之后
都是虚构的地平线
我在大雪飘落之前
独自深入痴心妄想的腹地
累了，醉了，疯了

剧终

断了念想，断了雨水的电波
断了断桥，甚至断了我和你
最后的联系——蒲公英的梦
飘散在天边，一串无法破译的密码

灰姑娘

半夜醒来，在陌生的房间
记不清昏睡之前
到底有多醉，卧在一片寂静里
幻想的昙花怒放又凋谢
在零下八度的微山

大雪封城，冰冷自下而上
直到再也无法入睡
想起多年不见素颜的你
曾深陷另一个冬夜
在电话那头哭得像个孩子

我承认，那一年是我亲手删除
所有联系你的方式
如你我共同所愿，从此不曾相见
可是回忆一次次地出卖了我

诗人

写诗的人
并非都是诗人
不写诗的人
更加不是诗人

真正的诗人
是濒危物种

她

什么时候她哭过了
在我恍惚的内心，她又笑了
用长发捆住我的舌头
带我温故恋爱之初自虐的敏感

什么时候她来过了
在我模糊的梦境，她又走了
留书签在午夜的缝隙
等我醒来独自面对无边的黑暗

什么时候我失踪了
一定和她有关

落叶

一片叶子飘下来
极轻，不易察觉
我尝试捕捉
它在空气中翻转的声响
与往事共振出私人的涟漪
湿了地面，湿了眼
一片落叶生不逢时
掉在我面前
又被风吹走
此刻，更多的叶子在飘落
我闭上了双眼

安魂曲

要喝的酒，已喝得差不多了
最后一杯留给你

回忆那片私人的山坡
一本诗集，夹着树叶的书签
一起化为灰烬

要下的雨，现在全倒下来吧
大不了高烧一场
我把所有的胡话统统再说一遍

哀歌

三下五除二把自己放倒
在空荡的心房
拉动风箱
氧气已是如此稀薄
流下眼泪又是为了谁

闭上眼，一颗子弹在午夜飞行
无法确定它的打击目标
我们只能在黑暗中默默祈祷
因为恐惧，更加深了绝望

赶在梦游者醒来之前
回忆湮灭的童真
那些伤口，提前透露下一代
比我们更深更重更漫无边际的
挫败感，这比毛孔还要密集的挫败感
终于将我扫射成痴心妄想的形状

青春

绿皮火车上的长发少年
错过了站，再也找不回
那个在清晨敲他房门的女孩
仿佛彻底失踪了

最后一份电报

就在昨天
二〇一七年十二月二十九日
比利时
正式终止全球最后的电报服务
这是一种必然
很多事物在现实面前
注定无法挽留
一如那年你在晚风中挥手
打出一段摩斯密码
大约是说“再见”
于是真的再也不曾相见
今夜酒多
我尝试用微弱的心跳
向你发送
全世界最后一份电报

在白堤

忘记时间，忘记越来越慢的心跳
在月光下展开的
是丝绸般细腻的夜晚
两边都是水
中间是我不被旁人察觉的叹息

我们注定深陷一场传说
两只蝴蝶在黑暗中隐身飞舞
寓言美的本质
是一种无可奈何的伤感

忘记时间，忘记将荷花重新命名
风把湖水吹成一堆碎银
我们用来买酒，自己把自己灌醉
在白堤，石头开始说话
仿佛电影主人公的深情独白

苏小小墓前

也许你是对的
要想青春不老
那就毫不犹豫死在青春
于是永远年轻
在清风里虚度光阴
你的美打败了所有坏人
以自己喜欢的方式
自由生活
爱山水，爱西湖
你的油壁香车不朽
青骢马远去
留下小小的念想
哪怕等来悲剧
也是前世栽下的一棵树
即使死了
也要立在西泠之坞

情未了

一千年不长也不短，一条蛇
要经过多少次蜕皮与许愿
才能修炼成精，捕获淑女的面容
带着小姐妹，化身主婢冒险来到人间

西子湖畔，青年许仙扫墓归来
心地善良的书呆子、药铺跑腿伙计
在倾泻而下的桃花运里
他把唯一的伞借给白素贞

缘来如此简单，铭心的爱情
注定需要一些磨难作为背景
法海出场横加捣乱是情节的必须
误喝雄黄酒、水漫金山同样不可避免

即使过了今夜就要永镇雷峰塔
她也无所畏惧
即使知道同床共枕的是一条蛇
他也睡得心满意足

济颠

葫芦里只有酒，喝不尽
尘世的万般滋味
未曾忘记戒律清规
咫尺西天如梦
不如狗肉蘸大蒜
东倒，西歪，醉卧
即使降龙金身罗汉转世
也逃不出远离故乡的宿命

从国清寺到杭州
小沙弥被月光洗成颠僧
鞋破帽破，袈裟不知所终
早已不耐烦打坐，选择在路上
去遭遇人间的不平
给哀告无门的人一扇门
长夜深处一灯如豆
徒劳的英雄，晨钟暮鼓里自度度人

很久以后，我知道你还是个诗人
“狂而疏，介而洁”
大慈大悲大仁大慧紫金罗汉阿那尊者神功广济先师三元赞化天尊
我的乡党，我在人海中望见你蓦然回首

路桥电影院

妻和我躺在他乡的床上
用土话聊起故乡
在那条以长著称的老街
我们曾一次次不期而遇

在街的尽头有一座电影院
我的父亲母亲曾在那里正式约会
后来我也经常夜自修逃课前往
一个人隐身黑暗中

我向妻坦白，在八十年代末
我还为一部儿童不宜的片子逃过票
为了躲避工作人员的巡逻检查
整个晚上我几乎都蹲在那里系鞋带

可惜等我带儿子去看电影时
这座小镇电影院已无限期停业
直到有一天被彻底拆除
我把放映机转移到一首流水诗里

对饮

——致梁健

一

相遇，只是一段预告片花
大好时光留在醉后。十年前
杭州学院路二十九号对面的小酒馆
为你备着花生米
再炒几个抒情的小菜，你就可以
和朋友、徒弟，或者自己喝上
红星二锅头，一口干
也可以参照慢镜头的速度
一帧一帧拉出满天星辰

二

残酒如谜，晨光照进大床
姑娘从梦语中醒来
回味你的体温，真实的虚构

一个人可以无数次证明
时针指向之处必有鲜血渗出
即使姐姐也无法将你挽留
山中，古寺在冷清的香火中修炼
你看见菩萨微笑
再一次失踪在人山人海

三

有一种苦，长在善良的阴影里
比小说还要小说，无家可归者
在半醒半醉的临界点放映
我们尚未拍摄的独立电影
那个深秋阳光透明的午后
你和我说："很累。"到了晚上
用疲惫抵抗疲惫，你喝下很多酒
并赶在后劲上来之前
宣布："石头，可以出师了。"

四

无数个凌晨，你在天上
看我，在街头独自彳亍
理想是风，吹痛我的双眼
今夜酒窖洞开，我独爱陈年酱香

一半我喝，一半替你喝
液体粮仓倒影往事，我用沉默
“一寸一寸”收复你我共同的醉
在那幻想的阁楼上
十根颤抖的手指正缓缓伸向钢琴

Part 04

第四辑

有时候

青藤暮年

漫游归来，头发彻底白了
不想再远行，也不想
在漏雨的夜变成一个等死的人

趁太阳尚未落山
把所有藏书印进脑海，你清楚
这些书很快就会投奔他处

对饮残月，要喝下多少酒才能
没收美，你把名声关在门外
面壁一个人的家，一个人

写诗、画画、清唱一段《四声猿》
剩下几颗松动的牙，像摇晃的醉汉
在阴冷的空气中无依无靠

娜杰日达

“我们活着，却感觉不到脚下的大地。”
——奥西普·曼德尔施塔姆

包裹被退回的那天
也带来海参崴迟到的噩耗
娜杰日达，十九年的婚姻
仿佛一本老相册缓缓合上
紧闭双眼，曼德尔施塔姆夫人
即使悼念也只能秘密进行

神经裸露在黑暗中
时刻提防随时降临的迫害
在斯大林死亡之前
所有的俄语都在提心吊胆
到处都是特务
告密者扭曲的脸癌细胞般扩散

一切都变得不再可靠

白纸黑字写下也不例外
甚至带来更大的危险
噢，娜杰日达，诗人的遗孀
你在厨房斑驳的灯影下
有如圣徒祷告，默默背诵丈夫的诗篇

彻夜不眠，记忆收拢最后的星光
把能量一行一行注入你柔弱的躯体
即使颠沛流离依然不改初衷
死也要活下去，死也要等到天亮
钟摆敲响安魂曲，娜杰日达
在你的回忆录里，诗人正在大声朗诵

有时候

有时候，想死的心都有
一次次深陷无用功
体会无可奈何的煎熬

有时候，我又想活在世上
并且下定决心
一定要比坏人活得更久

生日之歌

但是我还活着
悲伤地坐在镜子前
继续做着与生日同步的实验
黑白或者彩色
一寸照中的影像
有着支离破碎的回忆

天黑下来时我选择蓝墨水
在手腕上画一只石英表
趁着夜色回到元末明初
和老祖宗一起喝酒一起造反

但失败是注定的
我想回家
却一步步走向客死他乡
少女不再是少女
石头依然是石头
我的胡思乱想以绝望命名

我生在秋天
我想我也会死在秋天
在死去之前
我以诗人的面目忍住泪水

在冬天

叶子掉光了
剩下一些凌乱的书法笔画
悬浮在晨雾中
这比梦境更缥缈的风景
需要用一场大雪总结

我不知道
很多年是多少年
但我清楚
出门是为了回到心底的家

一条青石板铺就的老街
比叹息还长
父亲走在这条街上
我抱着儿子也走在这条街上
祖父则飞在天上
默默地注视我们

石头

石头，内向的心隐居在深处
孤独的、纯洁的、绝望的
石头，喜欢把耳朵贴着泥土
倾听树木缓慢的生长
风从远方运来寂静与荒凉

石头，在大地上独自流浪
不管以何种姿态现身
都会保持必要的坚硬
也许从不发言
但石头把心洗得明明白白

依靠爱，依靠闪电的钥匙
打开另一扇隐秘之门
那里有最初的灯盏
照亮石头，也照亮我

睡吧，没有酒量的酒鬼

喝着喝着，窗外下起了雨
但依然救不了我
酒精过敏的皮肤，红一片白一片
与黑暗中溅起的水花纠缠不清
此刻即使倒一杯白开水
我也能喝出酱香的滋味
而醉话，只在说出的那一刹
句句意味深长
不要拖了，请把睡眠的委任状
现在就交给我吧

很久以前

一遍又一遍，自言自语
雨就跟着落下来
一遍又一遍，回放镜头
湿透之后才想起伞，想起
我曾为你打伞，一起走过雨夜
那个不再通信的秋天
纹在胎记里的云暗示我
成为一名不合格的气象观测员
在日记里，看落叶满地。因为雨
日子变得黏稠，琴弦一次次地摩擦
我的手指，终于长出了茧
一段纯属虚构的早恋，拒绝情节雷同
当我想到终有一天
你会后悔，雨就下得更大了

内心的雨

原谅我吧，依然漂在他乡
一个人吃饭，一个人睡觉
一个人在时间的缝隙里查阅失败的履历
偶尔也会想起波德莱尔的信天翁
并愿意流下一滴老青年即将干涸的眼泪

哦，让夜再深一点吧
这样萤火虫微弱的光亮就可以照清
那些风中的诗句，又轻又重
面对现实，我不得不承认
我已深陷理想主义者近乎徒劳的死胡同

而在喝醉之后，我感觉自己是一个婴儿
内心的雨再一次落在走失的家谱上
所有的人都以为我睡着了
其实我依然醒在梦里，依然不曾放弃

回乡偶书

柳絮纷飞，四月在日记里模糊
春天的眼泪，鲜花枯萎
暮色中我踏上末班客车
回家，万水千山只隔一页草稿

再次走过老街，夜已烂醉
屋檐下的灯笼风中摇曳
唯有脚下的青石板让我踏实

今夜我与父亲同榻而眠
黑暗中我们像一对兄弟
遗失的时光，灼伤久违的星空
今夜我在父亲的老人斑里鼻子发酸

双城记

曾经相信沿着星辰指引的道路
我就能回到海边
那太平洋的风一遍遍地吹过
老街，这支乡愁的长笛
以感叹号的姿态标注不眠之夜

窗前的每一棵树都见证了
糊涂书生的自作多情
注定漂泊，注定别无选择
在胸口隐隐作痛的深夜
我把他乡醉成故乡

生死茫茫，我必须承认
生活的柳叶刀再一次让我失血过度

春梦

多么暖和，多么柔软
棉花，膨胀中的棉花
云朵深处暂时不知忧伤的羔羊
在天边缓慢移动，四处张望

一只沉默的大鸟
在飞，没有丝毫准备歇脚的迹象
飞着飞着就不知所终
一枚羽毛无声无息地飘落

还有被拆卸成零件的时钟
只剩下三根弦的六弦琴
让我终于忘记自己
正冒险进入一个没有窗户的房间

墙上的黑白照片让我呼吸困难
我想说话，但怎么也发不出声音

秋游

落叶反复丈量树梢到地面的距离
而我选择离开，一刹那的念头
任何解释都是多余，在黄昏
在一个个熟人都准备回家的时候
我要静静地离开

没有行李，也没有泪水
愿意自己是一只迁徙的鸟
在蓝天之上，远离人群
还有日益严重的失眠
我两手空空独自上路

注视秋天，一只斑驳的花豹
用时间锋利的牙齿
给我做着彻底的外科手术
我不知道明天是哪天
也不知道故事的结局是否与梦境吻合

剩下的时光，也许很短
一阵风就可以吹走
但我不会后悔，你看那洁白的云朵
天上的墓碑缓缓移动
我相信整个秋天都是精神至上的

梦回十里长街

仍怜故乡水，
万里送行舟。
——李白

永远不会有第二条街道可以替代
十里长街，贯穿我的五脏六腑
宿命的一九八〇年九月
我拼尽全力的啼哭，是第一首诗
回应只剩一页的家谱

已经无法记清是哪一场雨
打湿窗帘，还有姐姐注视瓦当的双眼
我在一旁用圆珠笔为自己戴上手表
很久没信了，尽管穿绿制服的邮差
依然按时微笑着从门口经过

屋檐下，燕子开始筑巢
这围绕泥巴与稻草的舞蹈

是一个久违的信号
让玩弹珠的孩子们捂紧口袋
像赶集一样涌向电影院门前的空地

太阳这只大刺猬缓缓爬上头顶
夏日漫长，午后的街昏昏欲睡
幸好栀子花香尚未飘远
安慰我等待傍晚月河里的清凉嬉戏
还有外婆带给我的无花果

当书包越来越沉，我学会偏科
也许命中注定要成为一个诗人
向波德莱尔学习如何观察世界
想一个人，坚持盯着黑板睡觉
在落叶起伏心跳的秋季

故乡是一滴宿命的浓墨
在内心的宣纸上慢慢化开
整个冬天我都在发呆
往事纷飞，在无须剪辑的纪录片里
我愿意是一块石头，不流半滴眼泪

一年四季，我做着同样的梦
喝酒、写诗、唱歌，躺在屋顶
看云朵变幻浮现祖父死不瞑目的遗像

在这条我倒背如流的老街
每一块青石板都是我写了又写的草稿纸

梦中截获一枚纯粹的闪电
嫁接在回忆之树。我的台风
吹过我独自摇滚的青春
一些叫做忧伤的野草疯狂地生长
我的叹息是一叶孤舟在海浪间隐现

夜的呓语

失眠之前或者之后
在夜的拐角
我认识和不认识的
方块字，甲骨文骨头的碎片
镶嵌在黑暗中闪烁幽光

赶路的人有着一张模糊的脸
故乡与他乡，一样的遥不可及
我醒在城乡结合部的缝隙里
等待天亮，等待证明成立的那一刻
时间的标本哦，揪心的痛

老照片

总有一些遗憾让月光冰凉
风中的香樟被掏空了心
我在他乡昏黄的灯下
回想父亲文物般收藏的老相册

三十多年前的绿皮知青专列
在黑白照片里拉响汽笛
所有的窗口都是告别的窗口
他们的表情过于复杂
反而被忽略，只剩下无数的手
在时光深处久久晃动

我相信很多细节都已被父亲轻描淡写
唯一让他耿耿于怀的——青春
一去不返，而现在我已长大成人
像一只信鸽，被父亲果断地放飞

我的心是一块多余的化石

绝望，除了绝望说不出另外的
更准确的词汇
日子仿佛被狗啃过的肉骨头
让我无话可说，然后就困了
睡之前，我的左眼看见姐姐
右眼属于妹妹
我的双脚和苦难的兄弟一起跋涉不止

胃是最好的酒窖
黑暗中我的身体比谁都轻
迟早会飞起来，飞上天
云朵背后的木头小屋
等着我把窗户打开
在天上看江南有史以来最大的一场雪
我的心是一块多余的化石

我尚未出世的儿子站在石头上
细数我失败的消息

是一具完整的灰鲸骨骼标本
远离大海，远离最后的抒情
每一天都是一记响亮的耳光
让我拿笔的手颤抖不止
现在雪还没落下来，我要抓紧飞上天

生日

秋风寄来凉意
雨后黄昏，桂花散落一地
星星点点，模糊我的双眼

如果没有记错
今天是你的生日，在一首诗里
我与你对饮至天彻底黑透

如果没有记错
在你死后，那些痛哭的人
选择苟活下来，包括我

终于明白失败之后的失败
烧酒烧得忘记回家的路
心事重重的一天啊

天上的姐姐

天边山峰再一次被晚霞包围
仿佛你高烧的额头
姐姐，你是这个村庄最美的姑娘
却扔下我，早早地飞上了天

往事是我们一起从河滩拣回的鹅卵石
我宝贝一样收藏在私人的小木箱里
姐姐，多少次我独自坐在黄昏的屋顶
吹着你留下来的口琴

深陷忧伤不能自拔
日子鸽群般在头顶聚拢又飞散
天空没有因为我长久地仰视
而从云朵背后放下一架木梯

姐姐，天上的姐姐
伴我走过千山万水不曾回头
你是思念与绝望的同义词
在夜的深处化作流星将我洞穿

风会把一切吹向身后

有一天我的目光会黯淡下来
仇人寻上门来也无动于衷
当老到一定程度
我就开始拒绝出门
独自待在房间跟着旧唱片转

曾经我的血是红的
鲜红，和教科书里的颜色吻合
但它慢慢和天空一起变黑
把童话与梦统统涂抹得面目全非
也许一个人活着太久是一种罪过

风会把一切吹向身后
包括我越跳越慢的心
老掉的骨头在回忆完一群少女之后
就成了一堆柴火很快被烧个精光

暮色

终于连咳嗽的力气也没了
生病让人清醒
透过高烧的望远镜，我看到
自己的晚年
一件白衬衫挂在光秃秃的树丫上

天空，一台巨大的碎纸机
时刻准备制造漫天雪花
白色谎言，企图转移我的视线
但寒冷不会因此消减

辛卯年正月初五与辛酉对饮

太阳落山，你出现在十字路口
辛卯年正月初五，暮色中我们再一次握手

很多年，你和我在各自的他乡
倔强地漂着，像野草、像石头、像离群的鸟

在路上，密集的面具让明天成为虚构
我们没有麦田，也成不了守望者

那就干杯吧，即使有一肚子的苦水
也要装作若无其事

“见一面，少一面。”
让我们好好喝酒吧，把绝望消灭在醉意里

做梦都没有想到，这是我们最后一次对饮
你把救命稻草高举过头顶，像孩子一样无辜

他们都唤我石头

他们都唤我石头
其实我就是石头，拙笨的石头
当黄酒浸染整个夜空
那些星辰就开始在我的头顶旋转

旋转，直到天书陨石般降临
让我的额头长出第三只眼
用来注视故乡一望无际的海
那咸涩的涌动正是我无可救药绝望的心

他们都唤我石头
哑巴般沉默的石头，彻夜不眠
手指在黑暗中逐渐透明
我不敢相信，我居然还活着

也许真的该泪流满面
我离真理越来越远，在我的祖国
多少纸张被荒废或者错字连篇
我的心啊，捧在胸前没有人看见

Part 05

第五辑

父亲的大兴安岭

运河里的月亮

多少次我是一张洁白的宣纸
在暮色中，依靠微弱的霞光
静静飘落水面
我的每一个毛孔都在倾听
流水，一场尚未命名的恋爱
等着月亮升起来

我宣布，我终于失败了
在充满鱼腥味的空气中
有从树木年轮里渗出的忧伤
哦，回忆需要一个起点，而终点
是运河里的月亮，长着一张多变的脸
一张让我痛哭之后依然想哭的脸

我宣布，我终于失败了
即使烂醉如泥
也无法挽回，各个朝代的瓷片

在水底一起尖叫
而我的月亮，运河里的月亮
是一场梦，开始流向我儿子

孩子已会开口喊爸爸

当我理解养家糊口的含义时
孩子已会开口喊爸爸

为了生存，我将身体交给他乡
但请相信我从来未曾离开故乡
我的父母妻儿以及家谱里的祖先
他们都在等我回家
我无时无刻不是走在回家的路上

当我明白所有的努力都可能是徒劳时
孩子已会开口喊爸爸

多少个夜晚，我梦见
一趟没有终点的列车
行进在支离破碎的早晨

当我经历了时间选择心平气和时
孩子已会开口喊爸爸

隐身人海，眺望心中的那片南山
至少还有一些稻子按时成熟
一些酒可以让我大醉一场
如果有人在秋天的黄昏看到我双眼通红
那一定是我想起在故乡
有一个刚会走路的小男孩
他朝我跑来喊："爸爸！爸爸！"

稻草人

起风的时候，我开始幻想
在麦浪上练习书法
或者叹息，在水做的夜晚
往事的鳞片以落叶的轨迹下沉
失眠的鱼拒绝长大

我看见天真无邪的脸上
有委屈的泪水
却无法上前安慰
我看见最美的风景里
生长着贫穷
但永远不能开口说出

我只能站着倾听
风的倾诉，是一张旧唱片
在季节的轮回里一遍遍播放
我的心啊，空空荡荡
像一座年久失修的教堂

植物园

打算把回忆申请专利
那些旧时光
隐现幸福的伤口
你的不辞而别似乎理由充足
证明我是个坏蛋

在桂香弥漫的秋日
回到熟悉的石条凳旁
我坐在左边
空出右边你的位置
还有那首经典曲目我也作了保留

我曾骑自行车载你
穿过一场大雾
仿佛事先布置的情节
一场大雾让我们忽略了时间

后来听说你漂洋过海

去了很远的地方
只留下一本书夹着你的名字
和我一起在私人的暮色里
倾听风把树叶一次次吹响

石头之歌

暗号终于对上
是《西游记》里蹦出孙悟空的石头
阅读曼德尔施塔姆第一本个人诗集
另外的石头也从四面八方赶来
怒放在子夜
是一场莫须有的非法集会
排比经过我私人的草稿本

石头目睹了这个世界的疯狂
每天都有恐怖袭击
在血肉横飞的爆炸声中
依然有无法回避的饥饿与贫穷
到处都是谎言
到处都是为富不仁者精致的面具
和精神病院牢固的铁栅栏

石头站在荒诞的边上
遭遇一具具风光的傀儡

在霉斑密布的烂树桩上
长着他们虚弱的黑木耳
到处都是投机者
到处都是无助的双眼
和天空一起下雨不止

暗号终于对上
石头变成一堆不合时宜的文字
种在远方荒凉的山坡
从此隐姓埋名
石头不再愤怒
不再忧伤
但是忍不住绝望

在他乡

还有多少晚霞可以用来沸腾
我的胸膛
迎着归巢的鸟，禁不住双眼湿润
在他乡，没有多余的粮食
供我酿造土制的糟烧
也看不到草垛上睡到天黑的少年
和躲在门后打量来客的女孩

在他乡，我就是一块沉默的石头
身上长满怀念的青苔
我的心向着太平洋上的台风
疯狂地生长
我必须写下检讨书
并且时刻提醒自己
我还欠故乡一首不长不短的诗

姐姐，我又在想你了

但愿还有多余的纸张
可以用来涂鸦
或者折一只精致的纸飞机
飞进黄昏幻想的夜幕
我曾在台风不知疲惫的嘶喊中
想起台州，我海边的故乡
稻草人立在田头
倾听被露水打湿的虫鸣

姐姐，我又在想你了
当你还是一个小姑娘
你就开始向我示范忧伤的神情
等待燕子从书中的南方回来
在电线上站成一排省略号
那湛蓝的让人想哭的天空
有柔软的云朵
替我们准备好完整的白日梦

姐姐，现在天凉了
我又开始不可救药地回忆
十里长街，一条内心隐秘的河流
你和我一前一后
在雨季的廊檐下轻轻走过
一遍又一遍，所有的故事重叠在一起
只剩下光滑的青石板
这岁月的底片透露我们最初的足迹

姐姐，我又在想你了
在他乡歌声低沉的水边
喝酒，只需要一点点
我就醉了，耳边响起你的小提琴独奏
洞穿深秋月光弥漫的心脏
我看见你黑色的睫毛闪动
预感洁白的雪花就要飘下来了
姐姐，我想现在就回家

独自摇滚

大雁进入小学课本
天空一下子变得湛蓝
风吹动白云
风吹动菊花
同时被吹动的还有我疯长的头发

一切似乎都是预先设定
我带着自己的影子
游学四方
碰到一些好人
碰到一些坏人

我的名字
隐现在火焰边缘
我是如此热爱睡觉
石头把我的梦垫得很高很高

父亲的大兴安岭

三十多年前，二十出头的父亲
乘列车北上，故乡的海越来越远
远到还是少女的母亲
禁不住泪流满面

经过五天五夜，这个消瘦的南方知青
知道了什么是远方，也知道了
大兴安岭，命中注定的第二故乡
青春在手风琴上一次次回荡

东北再往北，一个叫塔河的地方
父亲怀抱斧头走向雪地
想起南方，想起度日如年的我的母亲
他劈下的每一斧都是如此深刻并且多情

十年哦，父亲在北方的土炕上
做了多少有关南方的梦
于是写信，源源不断地写
直到北方的雪全都成了南方的雨

奔跑的紫云英

紫云英，大片大片的紫云英
正飘向枕边。姐姐，我知道是你来了
穿着你最喜欢的连衣裙
大片的绿大片的紫
一年只穿一次

云雀突然蹿上天空
像一颗扔出去的石子
我想它到了别处准备歇脚时
也会像一颗石子，从天而降
形成一根我无法准确绘制的抛物线
我只会在田头一个人静静地玩泥巴

这些，还有更多我没察觉到的那些
都是故乡所需要的，在春天的黄昏
我沿着木梯爬上楼顶
望着夕阳血流成河的方向
想起你，天上的姐姐

你是我别在胸前的眼泪和鼻涕

多少年过去了
只要想起你，我都会拼命向前奔跑
就像当年你在后边追我回家
我们不停地跑啊，跑啊，跑啊
时间对你我来说根本不算什么

她不知道为什么醒着

她不知道为什么醒着
也不晓得什么时候能睡去
失眠，雨水透过碎瓦
渗入她日益脆弱的神经

一只壁虎停在墙上
一动不动，如死神窥视的独眼

过了黑夜，还是黑夜
那个无法等到天亮的女孩
把农药倒入米酒
然后就着手稿的灰烬，一饮而尽

静坐或者发呆

夜。没有一个词汇可以用来形容
当天彻底黑下来
我不合时宜的内心无可救药

此刻，我是多么怀念
石头、剪刀、布，大米饭的甜
少女来初潮时的紧张与羞涩

痛。溃疡在私人的口腔内
季节转换般
迁徙着它具体的位置

此刻，我静坐或者发呆
想起自己出生在一九八〇年秋天
当时家里只有一口后来毁于火灾的大水缸

往事

我听到了，黄昏
瓦片上雨水急促的呼吸
在我九岁的深秋
小巷尽头
一个衣衫单薄的女人
紧咬嘴唇
流出血
不说一句话
不理任何人
她有着一张清秀的面容
我想，她
应该还有一个好听的名字
直到很多年以后
我依然觉得
她是那么的美
像一个谜语

病小孩

总是坐在家门口
和夕阳一起
注视台阶上的蚂蚁
如何搬运黄昏

一些忧伤可以忽略不计
口袋里的弹珠
发出声响
空气中弥漫酒精的味道

那是在医院走廊
手脚冰凉
当针筒靠近
整个臀部紧张要命

从来就没长大过
病小孩
苍白的笑脸
悬挂云朵背面

无名氏

候车大厅有气无力的暖气
已让你满足
赶了一天的路，终于
在冷空气抵达之前
挤进这熟悉又陌生的火车站

运气也许真的不错
甚至还有一个空位置
等你坐下，点上一根劣质香烟
深深地猛吸一口
世界似乎又多了一点光亮

人来人往，你靠在椅子上
仿佛找到最后的靠山
你一生的坎坷正被烟灰抚平
忘记呼吸，在嘈杂与寂静的混合体中
松手。铁轨上空响起冰冷的汽笛声

桥上的男人

消瘦。这个依然用火柴点烟的男人
有着一双忧郁的眼睛
他会在夜幕长出伤口时出现
在那座荒废已久的桥上久久站立

很多故事都被他小心收藏
他如一部老式放映机
准时放映一个人的露天电影
高潮时刻禁不住猛喝一口烈酒

他还坚持写信，在香烟银色箔纸的背面
写下月亮深处与他有关的那部分隐秘
可离开时，他又把信笺撕得粉碎
然后紧闭双眼迎风播撒……

姐姐

雨水不断斜过来，打湿窗帘
我听到远处的雷声
把近处的路灯一盏盏熄灭
姐姐，天上的姐姐
今夜我绝不关窗
我要等着你回来，等你回来
把手放在我高烧的额头上
姐姐，我知道你会为我唱歌
轻轻地，一首接着一首
直到我睡去，睡去
我把所有的幸福都写在梦里

让我们永不相见

我已经忘记
曾经为你写下的那些歌
现在是一片空白
也许只有这样
才能对抗你
忘记无数的细节
我完全赞同你今夜的提议
让我们狠狠地将彼此伤害

接下来，接下来我们能做什么
你用一副让我伤心的孩子相掩饰
女人的小聪明
一次次穿越千山万水
我坐在离地六层的出租屋
一言不发

时间正把你我逼向各自的死角
算了，还是让我说出

让我们永不相见吧
即使要见，我更愿意见你的女儿
把鲜花直接送给她，我相信
她和你年轻时长得一模一样

在杭州

漫游者的黄昏长满回忆
他在镜子前坐下
开始自言自语
这时一枚江南自恋的纽扣
突然滑落，刚好被雨水轻轻接住

他会去植物园亲近泥土
那里有很多秘密
包括一个凄美的传说，已经无法考证
他喜欢收藏石头
并且用石头的棱角概括自己的一生

在夜深人静的时候，会有一驾马车
运来水和干粮，还有大片等待收割的文字
他可以一个人坐到天亮
替黑夜写下最后的遗书

陆秀夫

大势已去，按照后人的观点
此时我可以选择投降或者归隐
当然谁都知道我是不会投降的
那么归隐，可我总觉如此依然不妥

作为一个重要抗元将领
我内心清楚蒙古铁骑的强悍
自从襄阳失守，朝廷一再南迁
当年的蛮荒之地一下子身价百倍

我可怜的瑞宗皇帝
你在条件反射式的迁徙中，颜面尽失
还要忍受无休止的惊悸与疾病
终于夭折，把更大的不幸留给九岁的弟弟

现在，他就站在我身边
目睹崖山海战的惨败
波涛夹杂着血液打湿略显荒诞的龙袍

他的脚软了，我的心凉了

也许这就是所谓的气数已尽
我们面容清秀的亡国之君是多么无辜
此刻他安静地伏在微臣背上
这一次，我们将从海底返回故都

私人的纸张

风与风之间隔着一张纸
注定无法承受太多
重物，下降到海平面以下
情节突然加快，私人的纸张
深入身体的纸张，被血浸染
痴妄者目光安详，遗书就此公布

吃棉花糖的小男孩

天气很好，有阳光也有风
一个拿着棉花糖的小男孩从我身旁经过
我喊住他：“小鬼，哪买的？”
他朝我做鬼脸，露出龋掉的门牙

他趴在桥头的栏杆上
看流水？看天空的倒影？
他小小的舌头在棉花糖上游动
小小的舌头还不知道忧伤

他抬起头的时候
正好有白云飘过
他看了看手中的棉花糖
又看了看空中的云朵，笑了

幸福，那是我出世

白天黑夜，两只鞋子
走远了吗？还是轮回依旧
昨天只剩下一堆文字
断断续续，明天在我手中

这封未投寄的没有地址的信
祖父望着窗外笔直向上的杉树
把一盘磁带听成了空白。一只鸟
正在低处练习飞翔

遥远，路的尽头
一阵风突然改变了方向
或者说是没有了方向
离家出走的你，多少年

有人说你皈依佛门了
叔叔，有人说你死了
而我每天都看到你走在路上

手里紧攥一块石头，有棱有角

沉默，因为太渴望倾诉
泪水从海的深处
上升上升，便成了满天的星辰
那个数星星的孩子，多么像你

面对天空，也可以是大海
父亲站在雪地纵酒高歌
大兴安岭！大——兴——安——岭！
一唱就是十年。飘满落叶

白桦林流淌怅惘，而爱情
其实永远是林外之物
一场雪不紧不慢地下着
父亲的头发在一片寂静中

白了。黎明时分我摸黑上路
边走边唱，一首好诗等着我脱口而出
故乡的稻草人默默注视，台风
你注定要来。台风，我等着你来

暴风雨中诞生什么
暴风雨中证明什么
幸福，那是我出世时
第一声啼哭，第一声歌唱

诗是活着的证明

我写诗，似乎和少年时代深埋下的孤独有着某种隐秘的联系。

待到年纪稍长，我发现故乡历史上两大诗歌社团——清咸丰十一年（1861）创立的“月河吟社”及民国时期复举的“月河诗钟社”都有家族先人参与其中。仿佛宿命在召唤，我成为诗人如同继承了一项无用之用的祖业。

每个诗人都有自己的写作背景，对我而言，最初的写作背景就是“故乡”。更具体地说，我曾生活过整整19年的台州路桥让我的诗歌写作拥有了永恒的背景。在我每天经过的十里长街，每一块青石板都是我写了又写的草稿纸。记忆的底片，完整保存了我的童年和青少年岁月，每次回放对我而言都是虚实之间雕刻时光。

而一个人真正拥有故乡，是在他离开故乡之后。我的他乡，始于杭州，后来我有了孩子，便取名“路杭”。也许是冥冥中注定，我在杭州定居多年，生活却依然动荡。我的他乡，也在一个人的漂泊中疆域版图日益扩大。万卷书尚未读完，十万八千里路早已不止，从此我的写作拥有了更大的“他乡”背景。

如何从个人生命体验出发最后超越个人，把这种“漂泊”提炼成时代之诗，是我“青春诗会”归来“后青春写作”必须要妥善面对的问题。题材的切入、语言的锤炼、细节的处理、情绪的控制……一首诗的方方面面都对我提出了更高且具体的要求。不惑之年，结集成书——《漂泊的石头》，是我近年创作实践一次较为集中的呈现。

正如布罗茨基所言：“艺术与其说是更好的，不如说是一种可供选择的存在；艺术不是一种逃避现实的尝试，相反，它是一种赋予现实以生气的尝试。”我想，诗歌正是我存在，并且依然活着的重要证明。

如约在 2020 年最后一天编定此书。至此，石头仍然在路上，生命中的每一次感动我始终默记在心。

方石英

2020 年 12 月 31 日于杭州

责任编辑：熊　勇
装帧设计：力扬文化

杭州市文联精品扶持项目

ISBN 978-7-5496-3762-1

定价：58.00元